서른결의 언어

청춘문고

목차

매임 없이 살아가기를 희망한다

매임 없이 살아가기를 희망한다
과거의 영광을 추억하며
미래의 축복을 지나치지 않기를
현재의 안도에 물들어
과거의 과오를 묻어 두지 않기를

어느 한 시점에 매임 없이
흐르듯이 살며 살아가며 살아져가며

마음 둘 곳 없어 외로움에 사무쳐
마음 묶일 곳 없어 자유로움에 사무쳐

시간을 바람 삼아
시간을 구름 삼아
흘러가듯 살아가기를 희망한다

입술과 삶

입술과 입술이 닿고 떨어지며
삶이 꺼내어진다

입술과 입술이 떨어질 때
삶이 시작되고
입술과 입술이 닿을 때
삶이 마무리된다

여러 낱글자가 겹치고 겹쳐
예쁘고 고운 조각들이 모이고 모여
앙다문 입술 안에서 굴러다니다
모습을 드러내고 싶은 속마음과 만나
구르고 깨지고 다듬어지고
입술과 입술이 떨어져 숨을 내쉴 때
후하고 뱉어져
삶이 꺼내어진다

낯선 공기가 삶과 만나는 순간
비밀스러움이 사라져 빛을 잃은 시작과
동시에 용기로 잃은 빛을 감추는 포장에
입술과 입술이
무수히 닿고 무수히 떨어져
기운을 불어넣고 위로하며 삶을 발음한다

입술과 입술이 닿고 떨어지며
삶이 이어진다

바람에 홀러

바람에 홀러
굽이굽이 지는 바람의 물결 사이로
햇빛에 찌푸린 얼굴이
불안 담긴 풍경이 흘러간다

흔들거리는 바람 사이로
나의 마음도 당신의 불안도 우리의 삶도
파동으로 존재를 드러낸다

투명하게 비추는 공기 사이에서
깨끗이 보이는 것만 믿고 싶으나
자꾸만 왜 먼지가
눈앞에 끼어
마음에 끼어
순수하게 보이는 대로를 믿지 못하고
고깝게 보는 시선과

행복일 수 없는 시선과
불안 담긴 시선으로
바람의 물결은 파동만 넘친다

고동이는 바람 사이로
내 불안과 내 고까움과 내 기쁨도
바람물결에 끼어 숨어내기를
그래서 내 눈도 투명해지기를

굽이굽이

굽이지는 길 위에서
굽이굽이 허리 굽혀
걷는다

굽이굽이 굽힌 허리는
뻐근해져 오고
굽이굽이 구부러진 길도
굽힌 허리만큼 아프게 휘어

걸음걸음 아프게 내딛는
발자욱 패인 틈에
힘들여 아프게 흘린
땀과 눈물이 고여 한참 차올라
북받치는 인생살이에 잠시 멈춰 뒤돌아보면

휘어져 있는 길은 온데간데 흔적 없고

빗자루로 쓸어버린 듯

내 자욱도 사라져

세상살이 억울해진다

경계

현실과 비현실을 오간다
잠이 들락말락
현실과 비현실 세계에서
내 몸뚱아리의 주인은 내가 아니라
시간인 듯
애매하고 혼란스러운
생각 없고 의식 없는 삶이 이어진다

끊어질 듯 끊어지지 않는
질긴 삶 위에서
꿈 같은 현실과 현실 같은 꿈의 경계를
아슬아슬하게 타며
어설프고 정처 없는 발자국을 남긴다

가볍게 살다

가볍게 살되
일상 하나하나에 가치를 부여하는
삶을 살아가려 한다
돈의 무게에 짓눌리지 않으려
배고픔을 견디지 않으려
시간에 담긴 여유를 사랑하려 한다

무거운 일상을 사는 게
삶의 목적이 되지 않기를 매 순간 다독인다

가볍게 살되
내 안에 담긴 가치들은 무거워지길
그 바람은 매번 다른 이의 가치와
비교하는 인간의 매력 없는 본능 앞에
항상 흔들리나
나 그래도 흔들리고 휘어져도

다시 곧게 일어서는

뿌리 깊은 유연함을 가지려

삭힌 마음은 뿌리깊게 묻어 두고

흔들거리는 속들을

내색 않고

가만히 본다

어설픈 마음

어설프게 찾아오는 마음은
까마득한 안개에서
흩어져 버린 아지랑이처럼
흐릿하게 사라져 버리기에
사랑이라 뱉을 수 없다

손톱 밑 거스러미처럼
건드릴 때 아픈 어설픈 마음은
슬픈 마음
행복해질 시간 크지 않아 안타까워
차라리 가볍게 날아가면 좋으려나
어설피 가벼워 흩날리지 않고
뾰족하게 찌르는
슬픈 마음

겹겹이 쌓이면 괜찮아질까

설레어 보려 하지만

얇디얇은 마음 찢어지며

수북이 쌓여도

시린 바람 구석구석 파고들어

별수없이 으스러진다

식어버린 찻잔

식어버린 찻잔 앞에서
기다린다
찻잔 안 커피가 다시 뜨거워지기를
김이 모락모락 나던 시간으로 되돌아가기를

이뤄지지 않을 기적을
하염없이 기다린다
시간이 되돌아가
사라진 김도 사그러든 온기도 되찾기를

식어버림은 일어나서는 안될 일이었기에
잘못되어버림이 어떻게든 되돌아가야만 한다는 듯
기다린다

기다린다

기다리고 기다려 식어버림이 사라지기를

식어버림이 잊혀지기를

어지럽다

머리가 어지러운 일
세상이 돌아 토악질이 나오는 건지
돌고 돌아 결국 제자리라
실망스러운 한숨을 토해 내는 건지

알 수 없는 회전에
걸음을 내딛기 힘겹고
한숨 섞인 구토로
내 한 몸 무사히 견뎌 내질 못하니

어찌 나는 지금이 행복하리라
말할 수 있겠느냐마는
입으로나마 내뱉은 단어들이
긍정과 행복을 내포하리라
가만히 있어도 회전하는 내 세상을
꿀꺽꿀꺽 삼켜 내고야 만다

몹쓸 회전에 급기야 피곤해져

눈을 감아도

내 세상은 또 돌고 돌아

눈을 뜬 현실에 나는 또 어지러운 숨을 내뱉는다

어지러운 내 발걸음이 기준 되어

어지럽지 않음이

오히려 어지러워질 때가 오기를 기다린다

풍선처럼 터지는 날

그런 날들이 있다

조그마한 일에 크게 행복을 느끼며
벅차 오르는 그 행복에 취해
시간을 비틀비틀 보내다
풍선처럼 부풀어진 행복감이 결국 터져
본래의 크기대로 돌아가
급속히 우울해지는

그런 날들이 있다

창가 너머

구름을 찌를 듯이 자라난 나무줄기
새털처럼 흩날리는 구름
네모 정렬한 건물들
박스 같은 버스 사이에
옹기종기 달리는 자동차들
엷은 초록 짙은 초록 농도 다른 나뭇잎들
먼지 하나 없어 보이는 맑은 공기
NO PARKING 강렬한 하얀색 표지판
앞만 보고 가는 사람들
걸음걸이에 맞추어 위로 붕 떴다가 제자리로
돌아오는 운동화 끈

움직이지 않는 것들 사이로
앞만 보고 움직이는 창문 너머의 일들
움직이는 것들을 배경 삼아
꼼짝 않는

숨죽이고 숨내쉬며 시간을 삼켜 내는

창가 너머의 존재들

새벽녘

잠이 깨 버린 새벽녘
깜깜한 시간 아래
어찌할 줄 모르게 찾아오는
무력한 고뇌
마음 없어 울컥거리는
고요함에
마음 속 꽁꽁 감춰진 빛 하나
억지로 깨우고 나면
어느새 고요했던 새벽의 빛도
어스름을 밝힌다

텅 비어 버린 것 같다고
착각했던 마음에
새벽녘의 빛이 스며들면
억지로 깨웠던 빛 하나도
새벽녘 빛에 어스러지고

울컥거리던 마음도

어느새 기분 좋게 울렁거린다

결핍의 불안

결핍의 불안에서 시작된 무력은
불안의 홍수 속에서 기댈 곳 없고
기대지 못한 불안정에
홀로 바들거리다
기나긴 삶의 졸음으로 흘러간다

어스름, 이별

구름 밑의 어스름은
착한 공기를 품고 있다

시리도록 비치는 어스름은
눈에 맺힌 시려움에
차가움이 스며들 듯해도
아지랑이처럼 피어 오르는 몽글함이
낯설게 눈을 가리고 뺨을 스친다

착하게 다가오는
둥그럽고 시린 어스름은
매몰차게 나를 떠난 이들이
한때는 매몰차지 못하여
차라리 한순간이라도 안식을 주었던
비참하지만 착했던
그 시림을 기억하게 한다

바람 차고 어두운 밤

눈 시리도록 퍼져 나가는 어스름을

하염없이 바라보며

착해서 비참하고

시려서 차라리 마음 놓였던

애쓰다 지쳐 버린

사랑의 쓰라림을 추억한다

지배하지 못할 정신

정신을 온전히 내 스스로 컨트롤 하지 못한다는 건
세상에서 제일 무기력한 일이다
또한 삶에서 스스로가 가진 힘을 느끼는 일이다

뜻대로 몸이 움직이지 않는 당혹감 속에서도
제멋대로 옮겨지는 발걸음에
어떻게든 나아가겠다는 의지를 확인한다

정신을 온전히 지배할 수 없어서
살아갈 힘을 의지대로 못하게 된다면
다른 의지를 찾겠다는 희망을
그리고 그럼에도 불구하고
뜻대로 되지 않을 듯한 예감을
곧이곧대로 받아들이며
흔들리는 나의 불안적 삶을 존중하고 사랑하려
한다

인생의 경계

짧게 짧게 끊어지는
인생 속 경계에 서서
불안하고 설레어 한다

한없이 희망적이지 않고
한없이 우울하지 않아서
극단적이지 않아 평온한
삶을 이어 갈 수 있는 힘을
인생을 구성하는 챕터의 경계에서 마주한다

이제와는 다르게 살아가게 될
삶의 희망과 불안을
처음 맞닥뜨리는 순간
유레카를 외치게 하는
그 미치도록 설레는 힘을 느낀다

인생 속 경계에서 시작한

또 다른 삶을

나는 또 마주하고 시작하고 지겨워할 것이다

그러나 또 다른 삶이 존재한다는 걸 믿으며

그 경계에서 마주할

또 달리 느낄 감정의 힘으로

살아내고 또 살아내리라

어느 날의 청춘

불꽃 같던 날에는
그 뜨거움에 데는 줄 몰랐고
얼음 같던 날에는
모든 것이 하얗게만 보였지

매 순간이 내가 찍어 놓은
뜨거운 점들로
차가운 점들로
이어지고 있어도
그것이 인생이 되고 삶이 되고 있을 줄은
꿈에도 몰랐네

사는 것이 하늘에서 보면
점 같아 보일지라도
돌아보면
살아온 만큼의 덩어리로 커져있음을

뒤늦게야 깨닫곤 하지

외면하고 버리려고 해도
손가락의 손톱처럼
단단히도 박힌 나의 점들

그 점들이 지금은 너무 뜨거울지라도
혹은 너무 차가울지라도
언젠가는 제 온도를 찾아가리라는 것을
나는 알고 있을까

중력을 이기지 못할 삶

보잘것없는 삶 속에
귀히 보이는 무언가를 찾기 위해
발버둥 치는 일
힘차게 발버둥 쳐 밑바닥을 치고 올라가
하늘 가까이하는 삶을 살기 위해
발돋움 하는 일

밑바닥에서 붕 떠올라
붕 떠오르는 기분에
삶을 다시 사는 느낌으로
현실과 싸워 이겨 냈다며
삶을 포장하지만
결국 발디딤대로 다시 돌아온다
중력을 이기지 못하고

중력을 이기지 못해
다시 돌아온 밑바닥에서
하늘 가까이에서 들이마신
신기루 같은 공기를
조금씩 아껴 내뱉으며
그 공기가 만들어 낸
허영 어린 환상 속에서
빠져나오지 않으려 한다

나의 발바닥을
땅에
억지로
닿지 않으려 한다

순수의 세계에서 멀어져 간다

가장 순수했던 의식의 세계에서
점점 멀어져 가는 삶을 살아간다

칠흑 같은 현실의 심연 속으로
빠져가는 일이
삶의 이유가 된다
아이같이 순수했던 찰나의 마음은
심연 속에서 한 줄기 빛이 되었다가
갑자기 오래 사라졌다가
점이 되었다가
흩어져 버린다

때 묻지 않은
찰나의 고귀한 감정은
심연 속에서 깨지고 부서진 것이 아니라
나 알지 못할 찾지 못할 곳에

고이 숨겨져 있으리라
지친 현실의 고뇌에
심연으로 빠져드는 삶이 숨을 죄어내려 갈 때 고
귀하게 살아남은
깨끗한 순수의 마음이 빛으로 내려지리라

그 빛은 제 주인을 구하고
삶 속 심연으로 사라지겠지만
나 그래도
그 깨끗하고 고귀한 어린 심장이
몸 어딘가에 존재한다는 사실만으로
그 이유만으로
깊은 심연 속으로 빠져드는 삶을 겁내지 않으려
한다

울컥거리며 짓는 반달웃음

울컥거리는 눈가를 뒤로 두고
반달 같은 웃음을 지으며
입을 여는 일이 늘어간다

우울한 감정과 일상의 행복이 공존하는
이 놀라운 이질적 감정은
과연 삶이 위험인지 희망인지
감히 결정하지 못하고

쓸쓸함과 함께 찾아온 삶의 기쁨은
허구라고 할 수 없을 정도로
진정성을 갖고 있어
울컥거리게 하는 이 행복한 순간을
믿기 힘든 감정의 공존을
믿을 수밖에 없게 한다

오로지 나의 삶 나의 감정에서 비롯된
감정의 공존이기에
독이든 사탕이든 겸허히 삼켜 낸다
삼키고 삼켜
울컥거리는 삶이 감동이길
벅차오르는 삶이 진실이길

쓸쓸하게 시려서 고통스러우나
그마저도 달콤한
그래서 진실이라 믿어야 하는 인생이
삶을 넓고 깊게 이끌길 바라고 바라고

내뱉을 수 없는 사랑

내뱉을 수 없는 사랑을 몸 안에 가두기 어려워
겨우겨우 삼켜 내려 해도
부풀어 오르는
서러움과설렘과슬픔과희열은
눈으로만이라도 숨으로만이라도
존재를 드러내려

나 온통 사랑으로 서럽고
나 온종일 사랑으로 한없이 작아지며
부풀어 오르는 감정으로
조금씩 나 사라져 가고 있으니
나 더 작아져 소멸되기 전에
사랑의 존재를 드러내려 하니
부정으로 오는 두려움과 공포를 견뎌 내게 할
작은 위안이라도 달라며

소리 없이 막힌 명치에 대고 울부짖으며

삼킨 사랑을 토해 내려

흔들린다

땅이 흔들린다
몸이 흔들리고
나를 지탱하는 내가 의지하는 모든 것들이
흔들린다

머릿속에는 불쾌하고 잔인한 회전만이 남아있다

모든 것이 흔들려 멀미가 나고
심장이 먼지처럼 쪼그라들어
금방이라도 소멸될 것만 같다

이 모든 것이 존재의 하찮음으로 생겨난 사고다
불안이다

세상의 미스터리

세상의 미스터리 함은
어쩌면 놀라울 것 없는 생활 속에서
시작된다

보잘것없이 지루한 멜로디가 흐르는
시간의 흐름 속에서
졸음을 창조하고 아늑함을 가져오며 울려 퍼지는
고루한 머리의 멍함이
때로는 몸서리치게 소름 돋는다

절벽을 손바닥이 까지도록 움켜쥐는 힘겨움만이
사는 것을 증명하지는 않는다
나는 때론 너무나 서글프고
때론 어설픔에 져 버리는 것 같은 기분으로
삶을 산다

인생에 매달리지 않는

고루한 삶이 미스터리하다

잠든 사랑의 표정

잠들어 버린 당신의 표정에서는
낯선 아이의 모습이 떠오르네요
꿈 속에서
당신은 그때 그 소년으로 돌아가
나와 만나 사랑에 빠졌나요
잠든 당신의 표정은
영락없이 볼 물든 수줍은 소년의 모습이네요
우리가 사랑에 빠졌던
가슴이 날뛰던 그 아름다웠던 곳은 그대로인가요
귀에서는 들어보지 못했던 리듬이 꽂히고
눈은 사랑의 기운으로 앞이 흐려졌지요
그때의 수줍게 뛰었던 심장의 고동이
당신의 꿈으로 다시 찾아왔나요
당신 옆에 누워 소년 같은 볼 발간 얼굴을 바라보며
나도 꿈꿉니다
볼 발간 소년을 보며

하얀 이 드러내며 내 마음 다 보이게 웃음짓던
그때의 그 소녀로 나도 꿈꿉니다

삶의 목적

삶을 살아가는데 목적 따위는 없다
사는 이유는 그저 살아지기 때문이다
죽음도 마찬가지다
죽는데 목적 따위는 없다
그저 삶의 이유가 존재하지 않기 때문이다
사는 이유가 별게 없어서
삶의 이유가 하찮아서
때로는 살아야 한다고 외치는 선의가
죽음을 택하는 것은 죄라고 외치는 목소리가
억울하다

남들 다 그렇게 산다
라는 말은 결국 독이다
내가 지금 아픈 건
삶을 찾을 수 없는 건
내가 나이기 때문 나를 견딜 수 없기 때문

그뿐이다

그리고 그것은 잘못된 일도 아니고 내 탓도 아니다

지금의 내가 삶을 견디기 힘들뿐

그뿐이다

그런 나를

누가 대체 위로하고 다그친단 말인가

오늘의 나는 참 예쁜 사람

오늘의 나는 참 예쁜 사람
심장박동 마구마구 올라
생기 오른 발갛게 달아오른 볼에
수줍고 답답한 마음에 꼭 깨물어 빨개진 입술에
바라보고 싶어 눈물 차오른 반짝이는 눈에

눈 앞에 없는 그대를 눈 앞에 그려 두고
나의 예쁜 모습을 간절히 전하려
그대 없는 곳에 예쁜 내 모습 서글프게 두고

오로지오로지
나의 발간 볼과 빨간 입술과 반짝이는 눈은
그대만을 위해 존재한다
속으로속으로
삭이며 오늘의 예쁜 내 모습
그대 없는 곳에서 하염없이 기다린다

꿈 속에서 마주하다

억지로 잠들어 너를 꿈으로 데려올 수 있다면
데려오는 일을 끝으로 다른 꿈이 시작된다
하더라도
나는 다시 깨고 잠들어 너의 손을 다시 잡아
나의 꿈으로 자꾸 초대한다

의식과 무의식의 경계에서
나는 너의 손을 잡았다가 놓치고
놓친 순간에 찾아오는
차라리 위안과 당연한 허전함으로 눈물 흘린다

그러나
나는 끝없이 너의 손을 잡고 잡아
나의 세계로 깊은 심연으로 초대해
허우적대어 나가지 못하길
나의 손을 꼭 잡아 함께할 수밖에 없을

내 허구의 운명과 영원하기를 꿈꾼다

꿈으로 너를 데려오는 일은
우연이 하는 일이라 연속되지 않는 일이라
그러니까 나는 아직도 너와 마주하기만 한 상태로
머물러 있다

사랑이라는 운명

사랑이 번개같이 쏟아져
그대와 가까스로 만나
하루를 고통으로 보내고
그 다음 하루는 설렘으로 버티고
운명이라고 털썩 믿어 버리며
곧잘 사라지지 않는 그대와의 기억과 추억 설렘이
삶을 송두리째 생각지 않던 방향으로 바뀌어도
상관없을 만큼의 도전을 결심하게 했네

그러나 시간은 야속하게도
그대와의 만남에 사이를 두고
불안을 심으며 뿌옇게 내 앞을 가려
아무것도 분간케 못했던 운명이라는 속박을
거두었다

아 역시나 나는 운명이라는 속임수에 또 빠져

사랑을 하고

　시간이라는 현실에 사랑을 보내고

　고통을 떨구고 안정을 불러내

　그저 그렇게 바뀌어 가는 사랑의 감정을 아쉽게

이별한다

　그저 그런 사랑도 그래도 한때는 운명 같아서

　내 전부였음을 그 순간만큼은

　죽을 만큼의 사랑의 고통을 가뿐히 버텨 낼

　내 전부였음을 그 순간만큼은

질투를 힘으로

질투를 힘으로 미래의 불씨를 찾고
비열한 마음가짐으로 사람과 사랑을 깎아내리고
미움으로 자아를 확인하려 하며
고통으로 위로와 위안을 주문하여
나를 보호하고 존재를 알린다

이 모든 불안적 삶을 욕할 수 있는가
당신은 그러하지 않다고 자조할 수 있는가

질투와 비열함과 자기 보호를 가장한 사랑과
불안을 안은 미움 고통은
삶이다 그것도 삶이다
그 자체의 삶이다

해와 고뇌와 의무

저 멀리 떠오르는 해는
나의 이상향이었던가
누군가의 꿈이었던가
아니면 누군가의 것도 아닌 허망함인가

저기 진 꽃이 발끝에 짓이겨지며
고왔던 첫 순간을 그 아무도 기억하지 못함은
누구의 탓인가

창문을 스르르 열어
시리게 몰려 들어오는 찬바람을 반가이 맞이하며
시대의 속앓이를 삶이라며
마음 찢어져도 내색 않고 기꺼이 먼저 초대함은
나의 기만인가 아니면 고뇌의 초래인가

사는 일이 살 맘과 같지 않아
초라해지는 일이 숨 쉬는 일과 같아도
비릿한 숨을 마시고 내뱉는 일은 멈출 수 없다
우리는 이 시대의 죄인이자 피해자로
쓰리게 벌 받고 힘들여 살아낼 의무를 가졌다
착각하므로

불안의 두드림

　시간이 흘러가는 순간순간 흐린 울컥이 몸을
흔든다

　좋아하는 음악을 듣고 있는 귀의 울림이 무색하게
흐릿해서 두려운 울컥함이 몸 곳곳을 두드린다 얇은
유리처럼 위태한 나의 몸은 곳곳이 흔들리고 금이
간다 아지랑이같이 베어난 실금 속으로 울컥거리는
마음이 제 몸을 욱여넣는다
　순간순간의 울컥을 달래려 순간순간 나는 눈을
깜빡이고 굴리며 나를 즐겁게 할 아름다움을 찾는다
그러나 발견하는 건 숨으로 나오는 울컥함과 불안뿐

　견뎌야 하는 건 스며들어오는 우울한 공기가
아니라 억지로 끌어오는 신기루 같은 아름다움이었다
아름다움이 사라진 빈 공간이 우울한 공기를 자유롭게
함을 나는 뒤늦게야 안다

그러니 이제는 불안의 두드림을 진실로 깨달아야만
하는 것이다

커피의 쓴맛

커피의 쓴맛이 연기처럼 올라온다
온몸을 파고드는 커피의 쓴맛이
결국 내 식도를 움켜쥐어
숨으로 내쉬어진다
슬그머니 피어 오르는
삶의 고뇌가 섞여 더 쓴 맛을 내는
커피의 어두운 그림자는
연기처럼 피어 오르고 올라
볼멘소리와 위로를 구걸하는 소리로
입 밖에 내쳐지고
곱게 쓰이지 않는 몸에
커피를 부어
쓰디쓴 몸으로 바꾸어 나간다
쓴 숨을 내쉬고 쓴 말을 내뱉어 간다
그렇게 쓴 삶을 산다

어느 날 밤 꿈을 꾼다

단단한 팔로 안아 주고 숨을 불어 주고 있는
나의 연인을

나에게 다정히 손 건네며 슬픈 미소 짓고 있는
나의 친구를

벌떡 일어나
주름 잡힌 두터운 손으로 가슴을 쓸어내리는
나의 어머니를

꿈에서 만난다
꿈에서는 존재하지 않을 나를 위해
사랑으로 우정으로 희생으로
열망하고 미소 짓고 가슴 쓸어내리는 일이 없을
사람들을 만난다

서글퍼서 차라리 깨지 않고

그들이 나 없는 세상에서 편할 수 있기를

하지만 그들의 삶의 기쁨은

삶으로 그늘진 고통을 감내하고 나를 받아들여

얻었음을

나는 너무 잘 알고 있다

사랑은 상상인가요

당신이 나를 사랑하는 일이 어렵다면
차라리 내가 당신이 되어 나에게 빠지도록 하기를
그리하여 당신이 나를 사랑해서
눈물 짓고 불안해하고 고통 받는 일을
상상으로라도 그릴 수 있는가요

나를 무심히 바라보는 눈빛 속에서
작은 심장 고동을 발견하고픈 나를
무심코 건네는 행동에 깃들었을지도 모르는
무심한 사랑을 상상하고픈 나를
그대는 상상도 못 하려나요
나는 이렇게 쉬운데
그대에게는 그게 어찌 어려운 걸까요
그것 또한 나의 상상인가요

사랑은 상상인가요

그래서 허무한 걸까요

순수한 욕망

순수한 마음으로 너를 대하기에 착각하기 쉽고
욕망에 솔직해져
사랑을 고귀하게 여기는 너를 상처 입힌다

서로 다른 이해로 사랑을 갈구하며
상처 받고 서로를 오해하다
그럼에도 불구하고 끊임없이
상대의 순수함을 갈망하고 욕망한다

그대를 혀로 조각하고 눈으로 애무하며
그대를 손으로 휘저어 내 사랑의 물결 속에서
허우적대기를
순수한 사랑은 그저 그대를 원하는 일이며
그것을 행하는 일뿐임을
그대여

그저 그대로를

나의 순수한 사랑을 받아 줄 수는 없나

물 젖은 눈

물 젖은 눈으로 사랑을 말하였고
그 순간만큼은
눈빛과 손길과 따스함과 그럼에도 불구한 조바심과 불안
그리고 그걸 아우르는 사랑으로 가득찬 배경은
진실이었다

시간이 지나
시간이 빛을 바라게 한 사랑이지만
바라는 빛이 흩어져만 가도
사랑의 시작이었던 아님 어쩌면 절정이었을
물 젖은 눈으로 견뎌 낸다
밀지 않으려 해도 사랑은 올곧이 붙박혀 있다
이제는 그의 의지가 아닌 나의 의지로 사랑하고
있으니

사랑, 첫 시작의 주인이 그대였다면
지금 사랑의 주인은 나이기에
그대의 반짝이던 설렘이 소멸해 가더라도
그래서 안정적이고 때로는 불안해져도
주체적인 내 사랑은 아직 끝이 없다

나쁜 사람

내가 초라해지는 일보다
차라리 나쁜 사람이 되는 게 낫다
초라해 보여 불쌍하게 보는 시선을 견디느니
차라리 이해 못할 히스테리로
혹은 꼬일 때로 꼬였다고 니들이 착각하여
나의 자존감을 갉아먹는 일들이 없도록
나의 자존감이 갉아 먹혀 나가는 일이 없도록

너의 시선보다
내가 날 보는 시선이 더 가엾기 전에
예민함과 히스테리로
나를 보호한다

좋은 사랑

좋은 기억으로만 남는
지난 사랑은 없다
허전함을 견디며 혹시나함을 기다리며
좋았던 기억을 붙잡고만 있는 시간만큼
딱 그 시간만큼
좋은 사랑으로 남아 있다

다음을 기약할 수 없게 되면
과거 사랑의 잔여물까지 바닥나 버려 멀어지고
미래의 공허함이 가까워지게 되면
그때 되면 좋은 사랑 따위는
존재하지 않는다고
또다시 반복하여 알아챈다

흐려지는 감정

눈 앞에서 멀어진 감정을
마음에서 멀리 떠나보낸 감정을
다시다시 오라고 조를 수 없는 건
다시다시 오라 하며 간절히 떠올려 봐도
흐릿하게 퍼져 버린 형체는
결코 짧은 시간에 흐려진 것이 아니기 때문이며
다시 오는 일도
단단해지는 시간을 또 거처야 하기 때문이다

흐려지도록 내버려 둔 마음과 머리는
결코 흩어진 감정의 쉬운 되풀이를 허락하지
않는다

내 안에서 알아 간다

아픔을 겪어내며
사람을 불안해하며
행복을 만끽하며
모든 인생의 체험이
나를 조금씩 더 넓게 퍼트리고 있다 생각했다
하지만
인간은 결코 커지지도 넓어지지도 않는다
다만 자기 자신 안의 내부를
탐색하고
탐욕하며
속속들이 알아 갈 뿐이다

성장하고 있다고
좀 더 넓어지고 커지고 있다고
그래서 나는 멀리 내다볼 줄 알게 되었다고
많은 감정이 쌓이는 걸 반겼지만

그건 결국 내 속을 그저 체험한 것 뿐이었다

여전히 나는 그대로이고

세상은 별달라지지도 않았다

쾌락에 젖게 해 주소서

쾌락에 젖어
몸부림치는 저이에게
고뇌와 상념을 주소서

행복에 젖어
앞을 내다보지 못하는 저이에게
희망을 꿈꾸게 할 불안을 주소서

몸을 두드리는 세상의 휘황찬란함에
온 머리와 온 마음이 쾌락의 상처투성이로
삐에로처럼 울부짖어 웃는 저이에게
차라리 불안을 주어
자신을 돌아보게 하소서
불안의 고뇌 속으로 들어가고 들어가
차라리 숨어살게 하소서

나 세상의 위험이

오로지 쾌락과 오로지 행복에 있음을 알고 있으니

나에게 차라리 불안의 씨앗을 나누어 주어

몸과 마음 숨어 지낼 용기를 주소서

나를 바라보다

구름 위를 타고 가만히 엎드려 누워
나 있는 곳을 바라본다

하이얀 작은 꽃들이 모여 있는 가운데
유난히 새침한 꽃 하나 볼록 튀어나와
구름 위 나를 샐쭉이 쳐다본다

하이얀 꽃을 지나
가시넝쿨 속 화려하게 자태 뽐내는 장미는
서글픈 꽃잎 가장자리를 나를 향해 뻗는다

흐르고 흘러 끝 보이지 않는 검은 바다를
길고 길게 지나
드디어 육지에 다다라 한숨 크게 뱉고 나니
짧게 돋아나있는 초록 풀잎들이
얼기설기 얽혀 눈을 어지럽힌다

이윽고 해가 지며

스며드는 달의 빛에 조명 받은 저 풀잎 위 이슬은

구름 위에 있는 나를 통과한 달빛

고스란히 받아내어 반짝인다

평온한 삶

평온한 삶만을 살기에는
몸 안에 그간 살아오면서 겪어 낸 아픔의 상처와
불안이
곳곳에 숨어 있다

울컥하고 싶은 날에
몸 안 깊이 숨어 있는 상처와 불안을 꺼내어
그저 평온하면서도 위태로운 삶을 살다
사랑과 현실의 직면에 상처와 불안이 낚여
깊고 깊게 아파하고 슬퍼한다
그렇게 속 깊이 울어내면
상처와 불안은 제 할 일 다 했다는 듯
다시 무심히 몸 어딘가로 숨는다

그렇게 상처와 불안을 안고
평온하지만은 않은 삶을 살아내며

평온한 삶을 이어 가려 한다

소설을 읽고 싶은 날

오늘은 그냥 소설을 읽고 싶은 날이야
나 아닌 다른 이의
달콤한 처절한 애달픈 슬픈 이야기로
나의 이야기를 가리고 싶어서
감당하기 버거워진 나의 삶을 잠시 잊고 싶어져서

너무 가까이에 있어 혼란스러운데
아니 그저 어쩌면 너무 당연한 건데
얼마 겪지도 않고 벌써 네 삶을 버거워하면
어떡하냐는 말이 곁에서 속에서 쏟아져 나오지만
현재가 전부로 느껴지는 나라서 지금이 전부인
나라서
그래서 오늘은 버겁기만 한 나의 삶을 가려 보려고

가려 봤다가 잠시 잊어 봤다가 다시 들여다보면
별거 아닌 일이 너무 가까이 있어 커 보였다든지

별일이 알고 보면 더 특별했었다든지
그렇게 보일 수 있는 거니까

오늘은 그냥 소설이 읽고 싶은 날이야
나보다 고동이는 삶을 사는 사람들의 이야기를
보며
내 삶이 달리 보이길 기대하는 날
내 삶 속 사탕을 발견하기 위한 가림의 날

오후

밝은 날의 오후에는
참 벗이 많았다
맑게 개이고 햇빛 가득한 날에는
언제나 벗과 함께 정다운 이야기가 오갔다

안개 낀 날의 오후에는
혼자가 되었다
안개로 모두가 떨어져 보여
홀로 쓸쓸함과 삶의 고됨을 이겨 내야 했다

안개 낀 외로움을 몰랐을 땐
햇빛 가득한 날만의 의미를 이야기했다
오로지 빛과 정다운 벗만이
나를 존재하게 한다고 믿었다

그러나 인생에는 안개 낀 오후가

파도처럼 몰려왔다 빠져나가는 날들이

제법 빈번해지는 때가 오는 법이더라

그 서러움을 견뎌 내며

안개를 원망하다원망하다 사랑하게 됐다

정다운 벗보다도 더

안개의 서러움을 사랑하는 일이

결국 나를 돌아보게 하는 일이었음을

안개가 지나가고 빛이 왔을 때

벗이 오지 않아도 나에게 정다워진 나를 반기며

깨달았다

우울

꼼짝달싹 못하게 우울해질 때가 있다
우울감으로 온몸이 갇힌 느낌이 들 때면
그 우울 속 안의 또 다른 눈을 만들어
내 눈을 바라보고 싶어진다
울컥거리는 마음을 그 눈에서 발견하면
그냥 위로가 될 것 같아서
아직은 빛으로 남아 있는 눈을 바라보면
우울감으로 갇힌 속에서
찢긴 빈틈을 찾을 수 있을 것 같아서

쓸모를 확인하는 시간

쓸모를 확인하는 시간으로 불안을 소비한다
세상에서 내가 할 수 있는 일들을 찾아 확인하면서
나라는 존재가 어딘가에는 반드시 필요할지도
모른다는
희망으로 불안을 소비한다

때론 보잘것없음을 탓하지 않고
쓸모를 쓸 데가 없는 세상을 탓한다
세상을 탓해 참으로 쓸데없는 세상에
토악질을 내놓으며 불안을 소비한다

세상이 항상 옳지만은 않다는 걸
나만은 잘 안다고 울부짖으며
세상을 탓하는 몰이해로
불안을 소비한다

귀여운 우울

아침부터 한없이 우울해졌다가
우울에 갇혀 빠져 나오지 못할까 봐 무서워하다가
카페에 나와 커피를 마시며
여러 글자를 써 내려가니
우울이 사라졌다

나의 우울은 참으로 단순하다
단순해서 사랑할 수밖에 없다

심연

몸 속 깊은 심연을 들여다본다
검게 푸른, 내딛기도 겁나는 무서운 심연 속으로
끝끝내 미루고 미루다 발끝을 담그어 버린다

고통과 고뇌를 직면하는 순간에
나는 어찌할 줄 몰라서 얼음처럼 멈춰 있다
검게 푸른 심연이 나를 얼린 건지
두려움이 나를 굳힌 건지
그것이 무얼 중요하나
결국 나는 고통과 고뇌를 직면하기를 선택하였다

심연 속 깊은 핵을 마주 앉아 가만히 본다
나를 힘겹게 하는 고통을 마주하는 건
고통과 싸워 이기겠노라 선언하는 것이 아니라
고통과 함께 어우러져 나 살겠노라 행하는 일이다

검게 푸른 고통의 심연에서
앞 보이지 않는 불안에 처음에는 얼었어도
그러한 나에 적응하고 고통과 어우러져
고통의 핵과 친구가 되리라

니트

한 올 한 올 꼬고 꼬아

한 줌의 실이 되고

한 줌의 실이 다시 제 몸을 꼬아

한 줌의 옷이 된다

보풀져 포근해지는 옷이 따뜻해 보여

하염없이 들여다보면

꼬이고 꼬인 실이 보푸라기 토해 내어 뿌옇다

느릿한 삶을 살고 싶다

느릿한 삶을 살고 싶다

초와 초 사이의 시간을 늘이는
느린 삶을 살고 싶다

느리다는 건 뒤쳐지는 일이 아니라
시간을 늘이고 늘여
삶을 여유롭게 쓰는 일이라고 말하나
바른 삶을 실천하기에 사람은 거대한 세상을
이기지 못 하는 나약한 존재라 힘들다는 핑계로
느껴져 부끄럽다

그럼에도 나는 느릿한 삶을 갈망하는 결심을 매번
하며
잊지 않으려 한다

이슬이 풀잎에 떨어지는 찰나를 인생의 속도라
생각하며 이슬이 풀잎에 부딪혀 왕관처럼 떠오르는
삶의 고동을 천천히 오래 음미하고 싶다

심장의 고독

오늘도 심장소리를 들으며 잠이 든다
수면제 한 알에 마음 놓고
방바닥을 흔들고 세상을 울릴 듯 쿵쾅대는 심장을
부여잡으며
눈을 질끈 감는다
옆으로 몸을 뉘면
심장고동이 병정처럼 발자국 소리를 내며 귀를
울린다
살아있음을 증명하려
온갖 힘을 쓰는 심장이 안쓰러워
두근대는 심장의 시큰함을 알아서알아서
뇌를 주최 못해 울컥하는 마음 알아서알아서
눈물샘 열어 두고
질끈 감은 눈 틈새로 심장의 고동을 흘려내
위로한다

심장의 고독을 즐기어
잠에 빠져들 찰나의 순간까지 즐기어
심장을 외로워 말라 달래고
수면제에 기대어 잠이 든다

아침엔 심장도 나도 고독을 잊을 수 있기를

무어라도 쓰련다

무어라도 쓰련다
어설프고 하찮고 거짓처럼 보이는 진실을
감춤 없이 쓰련다
화려하고 멋있고 진실처럼 보이는 허구를
진실이 무엇이되 거짓이 무엇이되 무어라도
나는 쓰련다

겨울 일요일 낮

꾸벅꾸벅 고갯짓하고
끔벅끔벅 눈깜박이며
겨울 낮 따스한 햇빛을 난로 삼고
겨울 찬 기운을 자장가 삼아
졸음을 졸음을 늘어뜨린다
잠들 듯 잠들지 않는
기분 좋은 울렁거림과 함께
겨울 일요일 낮이 흘러간다
천천히 오래 늘어지는 겨울 일요일 낮

앙상한 나뭇가지

앙상하게 마른 저 나뭇가지
하늘 위로 높이 솟아 찔러 버릴 듯
땅 아래로 낮게 기울어 찔러 버릴 듯
날카롭게 서 있다

앙상해서 곧 부러질 듯 바람에 흔들리기에
조금이라도 위로할라치면
바람에 몸을 기대 휙휙 위협한다

함부로 위로 말아라

그저 지켜보는 것만 허용하는
강인하고 속 여린 앙상하게 마른 저 나뭇가지
언제 초록 옷 입고 설레고
낙엽 옷 입고 쓸쓸해하며
위협 않는 시간을 가질까

그 시간이 괜시리 멀게 느껴진다 말 건네면

나뭇가지는 무어라 답할까

심장소리

심장 뛰는 소리가 자장가처럼 들릴지언정
잠든 사이 가슴의 높낮이가 보일 만큼 뛰는 고동에
심장이 튀어나가
짙은 어둠 속에서 갈 길 잃어 방황하다 지쳐
쓰러질까
쉬이 눈을 감을 수가 없다

심장소리 2

심장소리 쿵쾅쿵쾅 귀에서 들릴 때면
살아있음의 부재를 떠올리며
불안을 끌어오는 순간이 있다
살아있음이 너무나 크게 들려와
힘차게 뛰는 심장이 들려주는 삶의 증명을 너무나
크게 확인하면서
극도의 삶을 느끼며 그 끝에 닿고 다시 멀어지는
것이 두려워지는 마음
그 마음이 점점 빨라지며 크게 두근거리는 심장에
닿을까

삶을 예기치 못하게 확인하는 순간에
문득 드는 이 불안은
결국 삶을 확신하려고 노력하는 자에게 찾아오는
안도이자 위로다

극도의 긍정으로 얻어 내는
확실하다 여기는 삶의 위선과
삶의 진실을 가리는 허위의 가림막을
휙 걷어 내는 안도이자 위로다

우울증

우울은

이겨 내지 못한 패배감이 아니기에

이겨 내지 못한 무력함을 끌어와

우울한 감정을 키워내

나는 우울이 나를 잡아먹지 않도록

끊임없이 음악을 듣고 사진을 보고 책을 읽고

우울에 가려진 감정을 꺼내어

감정에 최선을 다하며

지나간 것들을 아쉬워하며 붙잡지 않으려

작은 존재였다

우울과 불안에 성숙한 줄 알았는데
그 거대한 힘 앞에서 나는 아직 한없이 작아지기만
하는 존재였다

추운 바람에 날려

추운 바람에 머리가 깨져 모든 게 튀어나와
자유로워진 기분을 상상한다

날려 버리고 싶다는 생각을 한다
나의 불안들을
꺼내어지지는 않고 다만 드러날 줄만 아는
이기적인 불안들을
어쩔 수 없는 가학적인 우연한 깨짐으로
흘려보낼 수 있었으면 하는 날선 바람

감정을 흘러가는 대로 받아들이며
살덩어리 붙이지만 않으면 된다는 걸
불안도 그저 불안이고 그 순간의 형태에서 머무를 뿐
그 불안을 시간의 흐름대로 굴려 커지게 하는 건
나의 지휘로 인한 것임을 알지만
쉽지 않기에

차라리 얼어 버릴 것 같은 추위의 칼날 같은 바람에

머리가 깨지고 몸이 베어 불안이 날아가기를

바라는

날 선 바람이 스치었다

울컥

기쁨과 우울이 공존하는 순간
좋은 기분 와중에 울컥거리는 마음으로
눈시울이 시큰해지는 순간

서글픈 아름다움

아름다움은 가까이 하려면 멀어지고
삼키고 나면 공허해진다
아름다움을 품었다고 생각한 순간
그 아름다움은 몸 안에서 안개로 흐려져 소멸해
눈 바깥으로 입 바깥으로 귀 바깥으로 빠져나간다

소유할 수 없어서 빛나는 아름다움은
그저 순간의 빛일 뿐이며 허상일 뿐이며
삼키면 몸 안의 안개로 공허해지는 독약이다

허나 사람은 매일같이 아름다움을 발견해야만
살아낸다 살아낼 수 있다
아름다움의 빛을
하루 종일 찾아 헤매는 일이 삶이라는 걸
그러나 소유할 수는 없는 공허한 일이라는 걸
나는 안다 이제는 안다

앞으로도 계속 아름다움을 찾으며
서글퍼할 거라는 걸

고뇌의 진실된 삶

나 자신의 고뇌 속으로 파고들면서

겉핥기식의 외로움과 멀어져 간다

아픔과 슬픔과 희망과

기억과 추억을 꺼내는 고뇌가

파고들고 파고들어

온몸을 지배하면

그저 외롭고 싶어서 찾은 외로움

외로워지려 포장된 쓸쓸함이 쫓겨나간다

고뇌로 거짓을 묻힌 외로움을 털어 내고

더 깊고 깊은 속으로 파고들어가

진실의 눈물을 꺼내어 흐르게 두면

나는 진실로 삶을 살아갈 수 있나

그렇다면 자신을 위로하고 슬퍼해하고 불안해하게

하는 고뇌를

눈물로 인정하고 꾹꾹 삼키어

거짓된 외로움을 밀어내고 진실된 삶을 이으리라

까만 하늘에 떠오른 별 하나

까만 하늘에 떠오른 별 하나
손 닿을 듯 반짝이는 별 하나
마음으로 쥐어다가 가슴에 콕 박아 놓고
부들부들 떠는 심장 속에 반짝반짝이게 해
삶을 증명받고 싶다

그러나
눈물로 뿌옇게 눈 앞 흐려져 앞 못 보는 이는
까만 하늘에 떠오른 별 하나
제대로 보지 못하여 손을 뻗어도 닿지를 못한다
별 하나 따다가
제 심장 속에 박아 뿌연 삶을 반짝이게 해
앞길을 겨우라도 찾아내고 싶으나
까만 하늘에 떠오른 별 하나
눈 앞 흐려진 물 고인 눈에
멀고 먼 것처럼 흐릿하여 잡히질 않는다

삶의 비밀

삶의 비밀들이 몸 속에 가득차 아득해진다
미래에 밝혀질 삶의 비밀들이 몸에 다닥다닥 붙어
옴짝달싹 못하게 나를 붙들어 놓고
눈 앞에 안개를 가져다 놓는다
안개 어린 눈을 갖고
불안한 걸음을 하나 내려놓으려니
몸 속 가득 찬 미래의 비밀이
궁금한 탓에 아니 두려운 탓에 멈칫하게 된다

보이지 않는 삶과 그로 인한 불안과 또 그로 인한
고뇌로
내 안은 흐릿해졌다가 단단해졌다가 또 곪기도
했다가
다시 말랑해져 흐물거린다

서른결의 언어

내 고뇌의 모두가 나를 향해 있을까
고뇌의 절반은 허상에게 보내는 신호다
환상을 만들어 내어 그에 고뇌하고
고뇌함을 티 내어 앓는다
앓으며 미련하게 울고
울음을 들키고 싶은지 들키고 싶지 않은 건지
고민하며
질풍노도의 서른결을 새긴다

부축되어야 하는 삶

부축되어야 하는 삶을 살아가는 것에
많은 의미와 부담을 지운다

기대어 살고 품으며 살며 서로를 부축하는 삶이
큰 의미의 당위성을 갖고 있지는 않다
그러나 이런들저런들 어찌하든 살아내야 할 삶이라
어떤 방향을 가리킨들 소중하다
부축되는 삶은
부대끼며 사는 현실에서
어쩔 수 없는 가치를 어리고 있다

속박으로 사는 삶

속박으로 사는 삶을 당연하게 산다
속박에서 벗어난 잠깐의 희망으로 한동안 밝다가
결국 속박의 삶으로 돌아간다
속박이 무엇이기에
이토록 나를 당연하게 옭아매는 걸까

운명이라고 차라리 믿어야
그저 그러려니 하며
속박에서 벗어나는 희망을
특별함으로 포장하여
선물 받듯 기쁘게 살아갈까

울컥하고 울어

울컥하고 울고
기운 내어 입가를 평평히 하고
울컥하고 울고
평이한 삶을 살겠노라 다짐할 힘을 내고
울컥하고 또 울어
안개처럼 뿌연 불안을 눈물로 토해 내고

울먹거리게 하는 불안과 기운 내겠다는 희망이
팽팽하게 맞붙어
오히려 평온해지려 한다

나 자신을 위로하는 삶

나는 나 자신을 위로하는 삶이

서글퍼서 견딜 수가 없었다

잘 밤에 누워 계속해서 울었다

울음을 참으려 하지 않았다

계속해서 계속해서 울었다

울음이 끝없이 나오다 억울함도 따라나올 것

같아서

억울함이 흘러나오면 나 위로할 자리 생길 테니

울음을 흘리고 흘리고 흘리고 흘려

그렇게 머리 아프게 울다가 잠에 들어야지

아프게 잠들어 위로되다 깨어나길

별수없지 않은가

시간이 통으로 날아갔다
끝없이 핸드폰을 들여다보고
멍하니 책장을 넘기다가
시간이 통째로 날아갔다
시간 속 뇌를 거치지 않은 일들은
기억의 허락을 받지 못했고
그렇게 하루의 시간이 덧없이 흘러갔다

누구에게 탓하지도 못하게 시간을 도둑맞았다
뺏겨 버린 시간이 억울하지만
그 또한 어쩔 수 없는 인간의 고해 탓으로 돌린다

별수없지 않은가
별수없어 살고 있지 않은가

순수한 열망

아 순수한 열망이여
그대는 참으로 인내심이 없어
또다시 내 곁을 떠나가 자리를 비워 두어
욕심이 또다시 그대 자리 차지하도록 기회를 준다
그럼에도 그대는 미련 없이 떠나가
한참을 부유하다
강박으로 지내는 날들로 지쳐
다음을 기약하는 일이 지쳐 가는 나를 구제하러
예기치 못하게 찾아와
나를 떠오르게 만든다

미적지근하게 지나간다

미적지근하게 지나간다
열병 오르게 한 사랑도
치열하게 벌자던 다짐도
고동으로 벌렁거리던 꿈도

미적지근한 온도에서
끓지도 식지도 못하고 부유하고만 있다
그 자리에 머물러 사라지지 않고
뜨겁지도 차갑지도 않은 내 온도에
딱 붙어 떨어지지도 않고
꼼짝 못하게 나를 옭아맨다

내 안의 타인

내 안엔 너무 많은 타인들이 존재하고
그 타인들은 언제나 자기 말만 할 줄 알아서
잠자코 자신의 차례를 기다리다가
빈틈이 보이면 치열하게 싸워
자신의 시간을 잡고서 '나 여기 있다' 외친다
'나'이면서도 낯선 '나의 타인'들은
잠자코 기다리다
기회가 보이면 언제나 자신들을 드러내려 한다

나는 그 치열함으로
삶을 증명 받고 재미를 느끼기에
사랑하는 나의 타인을 즐겁게 맞이한다

불안

나는 그저 삶을 연장하며 사는 고통보다
남긴 것 하나 없이
모래처럼 사라지는 존재로 죽는 고통이 더 크게
느껴졌다
그래서 삶을 선택했다

그리고 존재를 알리는 일들을 하며
불안과 우울을 직면할 때면
그를 막아내고 흐려지게 하는 백신을 만들어 가며
살아내고 있다

진정한 삶

주체적으로 삶이 곪아 들어
수명이 줄어든다고 느낄 때
진정한 삶을 보았다

거짓

쉽게 빠지고 쉽게 질리고 쉽게 후회해
그래서
과거를 돌리는 게 어렵고
진실을 말하기 어렵고
사랑을 깊다 말하는 게 어려워

사랑의 순간

사랑은

짧은 문장 안 착각에서

짧은 찰나 눈빛에서

짧은 침묵 속에서

시작된다

너 또한 그랬다

　난생 처음 맛보는 와인은 포도주스만큼 달디다리라
생각했고
　처음 입에 갖다 댄 커피는 향만큼이나 고소하겠다
생각했다

　예기치 못한 처음은 내가 만들어 낸 이미지를
깨부수며 찾아왔고

　너 또한 그랬다

삶은 부끄러움

삶은 부끄러움과 부끄러움을 극복한 또 다른
부끄러움으로 흐른다

가버린 시간

가끔 핸드폰 영상이나 사진을 찍으려고 켜다 보면
마지막으로 켰던 때의 잔상이 남아 있을 때가 있다

흘러가 버린 시간
다시는 마주하지 않을 시간
기적적으로 가져온 그 찰나의 순간을 마주하면
온몸의 솜털이 바짝 서는 기분이다

시간이 깨지며 과거의 조각을
조금 오래 볼 수 있는 기회가 온다면
나는 과연 어떤 시간을 짚어낼까

애증

사람을 싫어한다는 건

사람을 사랑하는 것만큼

마음에 짐을 얹어 두는 무게를 갖는다

마음에 항상 모진 감정을 안고

되뇌이고 되뇌이다 보면

모진 감정의 각들에 상처가 새겨진다

모진 감정이 마음 속에서

돌고 돌아 깎이고 깎여 둥글어지면

내 안의 생채기는 더욱 많아지고

결국 그 안의 상처가 또다시 감정의 무게로

벌어진다

그 벌어진 속이 애증이다

눈물바다

나는
온몸이 바다인 양
수많은 눈물을 쏟아 냈다

사람

조잘조잘 이야기 나누고 싶어서
돈과 시간과 마음을 펑펑 쓰다 갑절의 부담이
몰려와도
그래도 나는 사람을 만나 사랑과 우정을 나누고
희망과 불안을 나누고
분노와 기쁨 나누는 일을 아끼지 않으련다

선율

카페에 앉아 눈을 감고
피아노 선율을 잡아 본다
리듬에 따라
피아노 건반이 눌리는 순간을 상상한다
건반이 푹 눌릴 때 울려 퍼지는 음과
음과 음이 겹쳐 만들어 내는 조화의 순간을
잡아보려 한다
고요히 흘러가는 시간 속에서
피아노의 음은
시간에 잡히지 않고 잘도 흘러간다
조용한 시간에
나의 고요한 떨림에도
아랑곳하지 않고
유연하게 탄생했다 사라진다

머리맡에 속눈썹

머리맡에
속눈썹이
한 올 두 올 세 올
떨어져 있다

어느 시간에 어떻게 서글퍼서
뚝뚝뚝 가라앉아 버려졌을까
무엇이 그리 급해서
똑똑똑 내려앉았을까
지난밤
어설피 들어오는 잠에
서글퍼져 뚝하니 제 몸 던졌을까
지난밤
깊이 파묻힌 잠에
서운해져 뚝하니 제 손 놓았을까

머리맡에

속눈썹이

한 올 두 올 세 올

떨어져 있다

연필을 깎다

깎으면 깎을수록 부러져가는
노란 연필
잘 깎고 싶은 속마음 몰라주고
눈치 없이 통으로 부러지는 연필을
속절없이 깎고 깎아
연필의 수명을
하염없이 깎고 깎아

깎여나가는 연필 마음 헤아릴 새 없이
그저 까만 심만 바라보고
연필을 칼에 대고 돌려 나가다 보면
키 줄어든 연필이 서럽고 가여워
그래도 나는 까만 심 사라지도록
하염없이 쓰고 쓰네

가지 치는 사람

가지 치는 사람아
가위질로 양손 허우적대며
빗나가고 엇나가고 삐죽거리는 가지를 쳐내다가
무엇 하려 하는가

쭉쭉 요리조리 뻗어 나가는 가지를
뚝뚝 끊어
엇나간 삶 되돌이켜 보려 하는가

올곧지 않아 미운 가지 쳐내어
예쁘게 곧은 가지 만들려다
나무 마음 상한다네
수족 잘린 나무 마음
예쁘지 않아 속상한 마음
예뻐져도 만들어진 삶이라 다친 마음
그대가 어찌 다 헤아리겠는가

하얀 커튼 레이스

하얀 커튼 레이스의 물결치는 그림자 사이로
흐린 날씨 헤치고
빛 하나 스며들어온다

지친 기운 담고 있는 빛은
하얀 커튼 레이스 그림자에 몸 기대어 쉬어 가고
커튼 앞에 일하는 나도
기운 잃은 빛에 위로 삼아 쉬어간다

아무 것 하지 않아도

아무 것 하지 않아도
쓴 위액이 올라와
입맛 텁텁해지지 않기를 바란다

아무 감정 없이 지속되는 날들
쓰지 못하고 손에 힘을 잃어 가는 날들
그런 날들의 맛은 공허한 공기의 맛
신물 올라와 쓰고 신 맛

위액이 내 머리를 덮어 버리기 전에
쓰지 못하는 고통이 끝나기를
차라리 심장이 녹아 온몸이 녹아
한 줌의 글씨가 되어
흩어진다고 해도
쓰지 못하는 고통보다는 덜하리라

툭 튀어나온다

한참을
멍하니
공허한 시선으로
들여다보면
무언가가 툭 튀어나온다
머릿속이 깨어질까
하염없이 뚫어지도록 쳐다보는
내 앞의 공기의 것들은
마음 알 길 없어 속내 컴컴하여 아득해진 머릿속
누구 탓하나
눈 앞의 것 탓하지

존재가 희미해지는 날이면

존재가 희미해지는 날이면
누군가의 시선에 휩쓸려
서러운 마음 감지하게 되면
누군가의 의미 없는 말에
풍선 같은 존재가 뻥하고 터져
누구 하나 나를 도울 자 없으니
의미 없는 존재는 살 이유 없으니
존재를 위해
베인 상처에 모래를 뿌리고
타오르는 행복에는 술을 뿌려
일상을 고조시킨다

한숨

문을 열고 한숨이 들어왔다
이르게 찾아온 한숨을 태연하게 맞이하지 못하고
'어찌 이리 일찍 찾아왔소'라며
볼멘소리를 내뱉는다

'불러 찾아왔는데 어찌 이리 놀라나'
당황하는 한숨의 긴 숨소리를 들으며
오늘 몇 날 며칠인가를 세어 본다
시간의 흐름이 세어진다고 세어지나
세월의 가늠을 손가락으로 되짚어 본들
한숨은 내 부르는 소리에
재빨리 나타나
손가락으로 센 시간을 흐트러뜨리고
사라지는 것을

밝은 해가 들어왔습니다

밝은 해가 들어왔습니다
오지 못할 곳을 온 듯
어색하게 들어온 해는
자기 몸 둘 곳 찾지 못해 허둥대다가
나 앉은 자리에 덜컥 몸을 뉘었습니다
발 걸려 넘어진 해가
제 몸뚱아리 가누지못해
무거운 해를 온몸으로 껴안은 나는
어찌할 바를 모르고
가만히 숨을 멈추었습니다
예기치 못한 해의 무게와 기운에
모든 신경이 쏠려
어떤 말도 어떤 행동도 어떤 생각도 하지 못하고
뒤죽박죽해졌습니다

어느덧 해가 떠날 시간이 되었고
해는 나의 어둠을 제 몸에 물들이고
벌게진 몸을 일으켜 떠났습니다

하루에 한 번 커피를 마신다

하루에 한 번 커피를 마신다
카페인으로 물든 까만 커피를
정신 말짱하지 않아 멍한 오후에
시간을 까맣게 채울 커피를 마신다

편하지 않을 이유도
편할 이유도 없는
아득한 오후가 차라리 암흑으로 까맣게 물들어
침잠되길

하루에 한 번 커피를 마신다

행복한 삶

행복한 삶이다

허리 아프도록 앉은 자리에서

매 분 매 시간마다 버거워 하는 일로 겨우라도

살아내니

行이 버겁게 많아 어찌 행복하지 않겠는가

매섭게 몰아치는 바람에 빌붙은 곳이 있고

위액 쏟아져 나올 만큼 배부른 시간을 살면서도

불행을 이야기할 수 있으니

幸이 있어 어찌 행복하지 않겠는가

행복한 삶이다

모든 불만을 쏟아 내는

나의 언어에 온갖 倖을 담아내니

흐릿해지는 기분이 들었다

144

종이 위에 연필을 그었다
나의 언어는 그렇게 시작됐다

강민경

마음 꺼내어 보이는 걸 좋아해서 씁니다.
단상집 「empathy」「마음을 다하였다」
에세이 「언제 무너져 버릴지 몰라」
산문집 「소란스러운 하루」 등을 썼습니다.

서른결의 언어

2023년 11월 13일 1판 1쇄 발행

지 은 이 강민경

발 행 인 이상영

편 집 장 서상민

편 집 인 이상영

디 자 인 서상민.장소희

교정·교열 송은주

마 케 팅 이인주

펴 낸 곳 디자인이음

등 록 일 2009년 2월 4일: 제300-2009-10호

주   소 서울시 종로구 효자동 62

전   화 02-723-2556

메   일 designeum@naver.com

blog.naver.com/designeum

instagram.com/design-eum